AF578954

DISCOVRS
DE L'ELOQVENCE,
Et de l'Imitation des Anciens.

Par le Sieur Colletet.

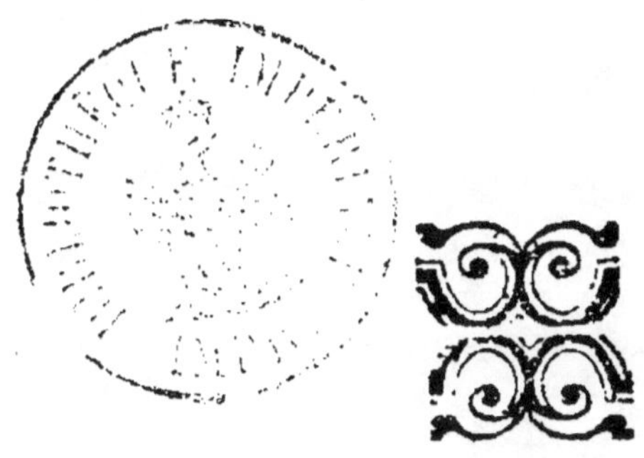

A PARIS,
Chez ANTOINE DE SOMMAVILLE, au Palais, ſur le ſecond Perron de la ſainte Chapelle, à l'Eſcu de France.
Et LOVIS CHAMHOVDRY, au Palais, vis à vis la ſainte Chapelle, à l'Image ſaint Louis.

M. DC. LVIII.
Auec Priuilege du Roy.

DISCOVRS
DE L'ELOQVENCE,
Et de l'Imitation des Anciens.

Par le Sieur Colletet.

A PARIS,
Chez ANTOINE DE SOMMAVILLE, au Palais,
sur le second Perron de la saincte Chapelle,
à l'Escu de France.
Et LOVIS CHAMHOVDRY, au Palais, vis à vis
la saincte Chapelle, à l'Image sainct Louis.

M. DC. LVIII.
Auec Priuilege du Roy.

A MONSEIGNEVR
LE COMTE
DE SERVIENT,
SVR-INTENDANT
des Finances, & Ministre
d'Estat.

MONSEIGNEVR,

Puis que vous auez quelquesfois honoré l'Academie Françoise de vostre Illustre Presence, & que dans les agreables promenades de vostre beau Palais de Meudon, vous m'auez fait l'honneur de me têmoigner aussi quelquesfois la haute estime que vous faites d'une si fameuse Compagnie; ie suis presque persuadé que ie vous presente quelque chose qui n'est pas tout à fait indigne de vos yeux, ny de mes soins, quand ie vous presente ce petit Ouurage Academique. C'est vn Discours que i'y ay prononcé dans vn temps, où la ferueur & l'assiduité de nos premieres assemblées exciterent cette noble & loüable emulation qui d'abord a fait naistre tant d'excellentes productions d'Esprit, dont quelques-vnes ont esté déja publiées, & les autres sont attenduës auec impatience. Ie vous l'offre encore d'autant plus volontiers, que la Compagnie qui estoit alors fort nombreuse, eut la bonté de ne luy pas dénier ce glorieux applaudissement qu'elle donne aux Ouurages qui ne luy déplaisent pas. Et puis que le noble attachement que vous auez aux affaires publiques me rauit la gloire de vous voir à la teste de mes celebres Auditeurs, i'espere que parmy ces agreables momens qu'auec tant de raison vous donnez quelquesfois au repos de vostre Esprit dans vostre pompeuse & magnifique Solitude, vous ne refuserez pas vn peu d'audience à vn Academicien qui parla d'vn bel Art, dont vous sçauez si bien tous les secrets, & toutes les justesses, ie veux dire de la veritable Eloquence. Mais que ie souhaiterois justement que l'Eloquence elle-mesme auec toute sa splendeur & toute sa pompe, vinst publier icy tant de bonnes & rares qualitez que vous possedez aduantageusement, & qui sont les plus agreables objets des Plumes sçauantes & polies! Ce seroit elle qui vous pourroit dire aujourd'huy de bonne grace, & qui vous repeteroit auec tout le monde en general, & auec tous nos Sçauans en particulier, que pour paruenir jusques au poinct de vostre haut Ministere, vous auez passé par tous les degrez de l'honneur; & que vostre êleuation, toute grande qu'elle soit, n'est pas miraculeuse. Il y en a où la Fortune aueugle a toûjours bien plus de part que la Vertu. Mais la vostre est vn pur eff[illegible] de la Vertu toute seule, puis que c'est elle-mesme qui dês vos premieres Années vous a conduit comme par la main dans les grandes Charges du Royaume. Ceux qui considereront le glorieux cours de vostre vie, & qui entreprendront de faire vostre Histoire, qui est toute pleine de matieres à Panegyriques, n'ignorent pas comme les grandes Riuieres sont nauigables dês leur source, que d'abord vostre rare suffisance vous ouurit la porte du sacré Temple de l'Honneur. Et ce fut dês lors qu'aprés la haute Dignité de Procureur General au Parlement de Grenoble, vous remplistes si dignement toutes ces autres belles Charges, de Maistre des Requestes, d'Intendant de Iustice dans les Prouinces, d'Ambassadeur pour le Roy aux Païs estrangers, de premier President au Parlement de Guyenne, de

Secretaire d'Estat, de Plenipotentiaire de France pour la Paix de l'Europe, de Ministre d'Estat, & de Sur-Intendant des Finances. Et si dans ces grands & sublimes emplois vous auez toûjours fait êclater beaucoup de courage pour les interests de vostre Patrie, & beaucoup de zele pour le seruice de vostre Prince; c'est aussi dans toutes ces importantes occasions que vous auez si justement fait admirer cette belle & vigoureuse Eloquence qui a persuadé tant de Souuerains, & rauy tant de grands Ministres. Mais, MONSEIGNEVR, comme i'apprehende que le frontispice du Temple que ie vous presente, ne soit plus vaste & plus grand que le Temple mesme, i'arreste icy l'impetuositê de ma plume; & ie me contente de vous offrir ce commencement d'Eloge, cette petite vapeur d'Encens, qui pourtant se pourra bien conseruer jusques à la consommation des Ages. Car c'est jusques là que ie pretens, ou du moins que ie souhaite, que l'on sçache jusques à quel poinct i'honore vostre Vertu, & combien ie suis,

MONSEIGNEVR,

Vostre trés-humble & trés obeïssant seruiteur,
G. COLLETET.

AV MESME SEIGNEVR.

SONNET.

SAcré Dispensateur des Tresors de la France,
Grand Tresor de Sagesse ainsi que de bonté;
Toy qui fais tout mouuoir par ton actiuité,
Et qui surpasses tout, iusqu'à nostre esperance.

Si nous considerons ta haute Intelligence,
Elle est bien au dessus de ton Authorité;
Si nous considerons ta Generosité,
Le Parnasse fleurit par ta Magnificence.

Incomparable ABEL, qui dans ton haut employ
Ne regarde iamais que l'Estat, & le Roy,
Et qui soustiens pour eux le poids de tant d'affaires;

Quoy que l'Or soit la vie, & l'Ame des humains,
Tes soins, & tes Conseils, nous sont plus necessaires,
Que les plus grãds Tresors qui partent de tes mains.

1654. G. COLLETET.

EXTRAIT DV PRIVILEGE DV ROY.

PAr Grace & Priuilege du Roy, donné à Paris le 30. iour de Decembre 1657. Signé, Par le Roy en son Conseil. CONRART: Il est permis au Sieur COLLETET, de l'Academie Françoise, de faire imprimer, vendre & debiter, par tel Imprimeur ou Libraire qu'il voudra choisir, vn Liure qu'il a composé, intitulé, *Diuers Traittez, de l'Epigramme, du Sonnet, du Poëme Bucolique, de l'Eglogue, de la Pastorale, de l'Idyle, de la Poësie Morale & Sententieuse, de l'Eloquence Françoise, & autres Traittez concernans l'Art Poëtique François,* & ce durant le temps de dix ans, à compter du iour qu'il sera acheué d'imprimer la premiere fois. Et defenses sont faites à tous Imprimeurs, Libraires, & autres personnes, de quelque qualité & condition qu'elles soient, d'imprimer, faire imprimer, vendre & debiter, lesdits Traittez, conjointement ou separément, sans le consentement de l'Exposant, ou de ceux qui auront droict de luy, à peine aux contreuenans de quinze cens liures d'amende, confiscation des exemplaires contrefaits, & de tous despens, dommages & interests, ainsi que plus au long il est porté audit Priuilege.

Registré sur le Liure de la Communauté des Marchands Libraires, suiuant l'Arrest de la Cour de Parlement du 8 Octobre 1653. Fait à Paris le 10. Ianvier 1658. Signé, BECHET, *Syndic.*

Ledit Sieur COLLETET a cedé le Priuilege desdits traittez à Antoine de Sommauille & Louis Chamhoudry, Marchands Libraires, pour en iouïr suiuant l'accord fait entr'eux.

Acheué d'imprimer le 28. Ianvier 1658.

Les Exemplaires ont esté fournis.

Table des Matieres contenuës dans ce Discours de l'Eloquence, & de l'imitation des Anciens.

Que pour estre Eloquent, il faut imiter les Anciens ; & qu'en les imitant, on les peut surpasser.

Discours prononcé dans l'Academie Françoise, le 3. Ianvier 1636.

de 17.

MESSIEVRS,

Les diuers changemens de mon visage vous découurent assez les troubles de mon Ame ; & ma voix foible & tremblante, ne vous témoigne que trop ma crainte, & ma confusion. Quand ie viens à considerer qu'il est du deuoir de celuy qui parle de s'accommoder à la portée de

Irresolutions de l'Autheur.

l'esprit de ceux qui l'escoûtent, ie ne sçay si ie dois étouffer mon discours dés sa naissance, & le finir où vous commencez le vostre. . . . . .

Diférence des discours Academiques & des autres actions publiques.

2. Il n'en est pas icy comme des Chaires publiques, où la foûle du peuple ne laisse que fort peu de place aux honnestes gens; où l'Orateur ne dit bien souuent que des choses communes pour rauir les personnes vulgaires; & où les excellentes obseruations ne font que la moindre partie de son discours, puis que les excellens Hommes ne composent pas le plus grand nombre de son auditoire. Il est à propos qu'il s'éleue par fois iusques au Ciel pour contenter ceux-cy, mais il est besoin qu'il en descende bien-tost pour satisfaire ceux-là. A peine son Esprit a-t'il fait quelque effort dans le supréme genre de bien dire, qu'il doit incontinent relascher de la vigueur de son stile; & s'il a beaucoup de peine en l'vn, il trouue en récompense beaucoup de repos en l'autre. Il entre-

tient la pluspart de ses Auditeurs, comme vn Maistre fait ses Disciples; & pour peu d'experience qu'il ait des secrets de son Art, le lieu d'où il parle n'est pas tant au dessus d'eux, que sa suffisance paroist au dessus de la leur. Mais comme ce Siege ne me donne aucun auantage sur vous, vos longues estudes surpassent bien les miennes; & la Nature m'a esté aussi auare de ses graces, qu'elle vous en a esté liberale. De quelque costé que ie tourne les yeux, ie ne vois que des lumieres qui m'éblouïssent; ie n'apperçoy que l'elixir, & la fleur de tout ce que la France a de plus iudicieux, & de plus poly dans les Sciences humaines; & comme les Gaulois entrant dans le Senat de Rome, y prirent les Senateurs pour autant de Dieux, ie crois en vous voyant, voir autant d'Anges tutelaires des belles Lettres, & de Dieux visibles de l'Eloquence. Qui s'estonnera donc, si ie m'estonne, ayant à parler deuant vous? Et comme vn nouuel Athlete qui n'est pas encore accoustumé au Soleil, si ie fais des démarches incertaines, & ne puis encore affermir mes pas dans cette lice d'honneur que vous m'auez ouuerte? Ainsi i'ay sujet de craindre, que comme il ne m'est pas permis de me taire, il ne me soit pas fort aduantageux de parler; & qu'au lieu de paroistre Eloquent, ie ne perde la reputation qu'vn silence bien ménagé me pouroit faire acquerir. Du moins si mon discours ne peut meriter l'honneur de vostre approbation, l'ardeur de mon zele, & mon obeïssance aueugle, me pouront conseruer l'honneur de vostre bienveillance.

I'ay consulté long-temps en moy-mesme de quelle matiere ie vous deuois entretenir. Il s'offroit tous les iours à moy de nouueaux sujets qui n'eussent peut-estre pas esté desagreables, s'ils eussent esté conuenables à la dignité de ce lieu. Enfin il m'en est arriué comme à ces ieunes Amans, qui aprés auoir long-temps cajollé plusieurs Maistresses, espousent tout à coup la premiere qui s'offre, & qu'ils connoissent le moins. Le dessein que i'ay de vous parler de l'Eloquence, qui est la lumiere de l'Esprit, comme l'Esprit est la lumiere de l'Homme, vous fera bien connoistre la verité de mes paroles. Mais certes encore que le hazard m'ait inspiré ce projet, il faut que ie vous adnouë qu'il ne l'a pas entierement formé. L'entretien que i'eus ces iours passez auec vn de ceux qui composent cette fameuse Compagnie, touchant l'eloquence des Anciens, & la haute estime qu'il en faisoit, m'a donné sujet de rechercher la cause d'vn si grand aduantage. Et aprés auoir, selon mon peu de loisir, & la foiblesse de mes forces, entamé cette belle matiere qu'il n'appartient qu'à vous d'aprofondir, i'ay eu quelque soupçon qu'vne soigneuse & adroite imitation en pouuoit estre vne des principales causes; & qu'en faisant comme eux, nous pourions enfin deuenir comme eux, & mesme les surpasser encore dans l'exercice d'vn si bel Art.

Portrait de l'Eloquence.

3. Comme vous estes, Messieurs, les Illustres tesmoins de cette verité que ie publie, soyez aussi les fauorables spectateurs du Tableau que ie vous presente à l'entrée de ce Discours. C'est le portrait d'vne Nymphe que tous les hommes desirent, & que si peu d'hommes possedent. Elle porte sur son front vne Couronne d'estoilles éclatantes; son visage est serain, mais seuere; elle n'a pas tant d'yeux, ny tant d'oreilles, que la Renommée; & si elle ne laisse pas de voir tout, & d'entendre tout aussi bien qu'elle. Ses levres sont de rose, sa langue est de miel, & son haleine est de baume. Sa bouche ne verse que des fleurs, & que de petits chaisnons d'or. De sa main droite elle répand des hyacinthes, des émeraudes, & mille autres pierres précieuses; & de la gauche elle lance des traits, dont elle attaque les vns, & defend les autres. Son vestement à fonds d'or est

émaillé de diuerses figures, qui sont autant de brillantes lumieres. Son corps a la solidité de l'albastre, comme il en a la blancheur. Sa teste s'éleue au dessus des nuës; De l'vn de ses pieds elle foûle le Globe du Monde, & la rouë de la Fortune; & de l'autre le Temps, & l'Enuie. Sa voix est plus puissante que le Tonnerre, puis qu'elle se fait entendre aux extremitez du Monde. Aussi est-ce par elle qu'elle arreste la fureur des vns, qu'elle prouoque la colere des autres, & qu'elle change en vn moment toute la face d'vne Ville, ou d'vne Armée. Elle est sage, & bien disante; elle a vne exacte connoissance de soy-mesme, & connoist exactement tous les autres. Elle doit l'honneur de sa naissance au Trauail, comme elle doit son éclat à la Memoire. Et s'il se trouue icy quelque récompense digne d'elle, c'est la haute estime dont les Peuples & les Roys honorent son mérite. Les deuoirs assidus que vous rendez à cette belle

Nymphe, ne vous permettent pas de méconnoiſtre ſon Image; & les puiſſantes faueurs que vous receuez d'elle, vous obligent à luy faire careſſe par tout où vous la rencontrez. Sous quelques traits groſſiers que ie la dépeigne, vous voyez bien que c'eſt celle qui fait regner les Eſclaues, qui rend bienheureux les miſerables, & qui fait des hommes diuins; en vn mot, que c'eſt l'Eloquence qui eſt le plus digne objet de vos affections. Et s'il s'eſt trouué parmy vous quelques-vns de ſes Fauoris qui l'ayent blâmée en voſtre preſence, ce ſont des traits de fleurs dōt l'Amour meſme a voulu bleſſer ſa mere, qui ne l'ont miſe en colere que pour l'appaiſer, & qui ne l'ont émeuë que pour l'oüir plaindre de meilleure grace. C'eſt cette meſme Eloquence qui a préſidé dans le Conſeil d'Athenes, & qui a triomphé dans le Senat de Rome. Mais lors qu'elle a veu que par le changement des Eſtats, & des Empires, les Places publiques, & les frequentés

Assemblées, n'estoient plus le Theatre de sa gloire, qu'a-t-elle fait en cette occasion ? Elle n'a point refroidy l'esprit de ses Orateurs; de leur langue elle s'est écoûlée dans leur plume; & nous la voyons encore aussi pompeuse dans leurs Escrits, qu'elle parut autresfois superbe en leur bouche. C'est dans ces Ouurages immortels qu'elle a releué son Trône abbatu; c'est là qu'elle éclate encore; c'est là qu'on la doit chercher, si l'on la veut acquerir; & l'on ne peut à mon aduis ny l'acquerir, ny la posseder, qu'en les imitant.

4. Vous diriez que toutes les choses créées prenent plaisir d'agir par exemple, & par imitation. Si vous considerez les Cieux, vous verrez qu'encore que leurs mouuemens soient differens, aussi-bien que leurs aspects, ils se ressemblent neantmoins en ce poinct, qu'ils se meuuent tous, & comme à l'enuy l'vn de l'autre. Cette flâme enchassée dans vn cercle d'argent, cette image visible du So-

Toutes les choses du Monde agissent par exemple & par imitation.

leil qui partage auecque luy l'Empire du Monde, ne semble-t-elle pas tressaillir de ioye, lors que parmy l'épaisseur, & le silence des tenebres, elle entend résonner les Hymnes des Poëtes, qui luy donnent le titre de Soleil de la nuit? Cette loüange exquise est vn charme capable de la tirer du Ciel, & de luy faire aduoüer qu'il n'y a rien qui la flatte dauantage que la creance que l'on a qu'elle imite les fonctions de ce bel Astre. La Terre paroist morne & languissante, si tost que l'air est triste, & enueloppé de nuages; & dés que le Ciel luy montre vn visage serain, elle semble soûrire. Ces perles fonduës qui brillent dés le matin sur la pointe des herbes, passent pour autant de larmes de ioye. Aussi dans la passion que le Ciel a pour elle, & dans la pompe qu'elle estalle pour luy plaire, quiconque voit de toutes parts tant d'yeux ouuers, doute auecque raison si par vn agreable eschange les fleurs de la Terre sont les estoilles du Ciel, ou si les estoilles du Ciel sont les fleurs de la Terre. Et quand il arriue que par vne violente secousse, cette Mere commune des hommes agite le fonds de ses entrailles, qu'elle tremble, & qu'elle s'émeut, que pretend-elle autre chose, sinon d'imiter les diuers mouuemens des Cieux, aussi-bien que la Mer les imite dans son flus, & son reflus?

5. Il en est ainsi des Sciences, & des Arts; leurs exercices ordinaires ne sont que des imitations perpetuelles. Ceux qui font profession des plus hautes, & des plus vtiles parties des Mathematiques, croiroient auoir trahy la grandeur de leur courage, s'ils s'estoient seulement arrestez à la speculation des Astres. Aussi ont-ils bien passé plus auant, puis qu'ils ont imité la plus noble fabrique des mains de Dieu, en composant à son exemple vn nouueau Monde, la Sphere Celeste, & le Globe de la Terre. Et comme si leurs Esprits rompant les liens du

Les Sciences, & les Arts, sont des imitations perpetuelles.

corps se fussent éleuez iusqu'au dessus de ces voûtes flamboyantes pour en considerer les diuers estages, les differens accorts, & les roûlemens contraires, ils ont imité des choses qui sembloient inimitables, lors qu'ils ont forgé des tonnerres & des esclairs, formé des Cieux d'argent, & de crystal, animez d'vn puissant Esprit, semez d'Astres fixes, & d'estoilles errantes, & agitez des mesmes mouuemens de ces voûtes Celestes. Si bien qu'à voir tant de merueilles, il semble que le Ciel mesme soit tombé sur la Terre. Si vous iettez les yeux sur l'estenduë de ce vaste & solide Element, vous n'y trouuerez rien que l'industrie des hommes n'ait en quelque sorte imité. La plume & le fer, le môule & le pinceau, ont autresfois trauaillé, & trauaillent encore si artistement, que les yeux les plus subtils ne peuuent qu'à peine discerner les vrais corps naturels de leurs vaines figures. Aussi est-ce par l'adresse merueilleuse de ces nobles instrumens, que l'on a veu vne Colombe de bois, animée de ressorts organiques, voller d'vne extréme vitesse, & se messer parmy les autres oyseaux; vne Aigle artificielle s'éleuer dans l'air à la veuë de tout le monde, saluer vn grand Empereur, & comme à l'enuy de ses riches portiques, & de ses Arcs de triomphe, faire tout l'honneur de son entrée; vne Vache de cuiure si bien contrefaite, qu'elle estoit piquée des Taons, & caressée des Taureaux; vne Image de bronze rendre des Oracles à la naissance du Soleil, & luy donner des loüanges pour recompense de sa lumiere; vne Teste d'airain former des paroles articulées; vne Vénus de marbre donner autant d'amour, qu'elle estoit incapable d'en receuoir; enfin vn ouurage insensible faire languir d'amour son propre Ouurier, & aprés auoir receu de luy tous les traits de son art, ietter dans son cœur tous les traits d'vne folle passion. La Peinture ne nous fait-elle pas voir des Morts se plaindre, des Tonnerres gronder, des nuages se dissoudre, des lumieres éclater, des ombres s'obscurcir, des montagnes s'enfler d'orgueil, & des vallons s'humilier? Ne nous represente-t-elle pas vn mesme objet sous de diferentes figures, selon les diuerses assiettes de celuy qui les contemple? Et ainsi ne fait-elle pas passer pour prestiges, & pour enchantemens, tous les secrets de l'Optique?

Mais parmy tant d'excellentes imitations, ie voy bien, Messieurs, que vous cherchez le riche trophée de vostre gloire, le bel Art de la Poësie, qu'on peut si iustement appeller le plus précieux Tableau de la Nature, puis qu'il ne subsiste que par l'imitation de ses ouurages. En effet, on a bien autresfois veu des sacrifices sans guirlandes de fleurs, sans accords de flustes & de trompettes, & sans meslanges de chœurs; mais que l'on ait veu de rares Poësies sans imitation, c'est vne chymere inconnuë de toute l'Antiquité. Aussi ce grand Philosophe qui tira la sagesse du Ciel, & qui fut tant aimé d'elle, qu'il en remporta le titre du plus sage de tous les hommes, ayant eu en songe vne vision qui le sollicitoit de composer des Vers; que fit-il en cette occasion, luy qui auoit tousjours combattu pour la defense de la verité, & qui n'auoit iamais eu pour ennemis que la feinte, & le mensonge? Entre tant de sujets qui s'offrirent à luy, il ne choisit pour Argument de ses veilles, que les Fables d'Esope; iugeant bien que la veritable Poësie n'est plus Poësie, dés qu'elle est sans feinte. Or cette feinte n'est qu'vne pure imitation du vray, puis que pour feindre noblement, les Poëtes doiuent conceuoir, & se former en eux-mesmes l'image & la ressemblance de la chose qu'ils veulent imiter. Et c'est peut-estre pour cela qu'vn des plus celebres d'entr'eux dit, qu'ils se repaissent de lait & de miel. Car comme le lait represente le naturel abondant & fertile de leur

La Fable est l'ame de la Poësie.

naiſſance, le miel marque l'induſtrie, & le temps qu'ils doiuent employer dans l'exercice laborieux de l'imitation. Mais ſans m'amuſer à examiner trop curieuſement toutes les parties de la Poëſie, ie vous demande à vous-meſmes, comme aux ſuprêmes Genies de cet Art, qu'eſt-ce que le Poëme Epique, ſinon vne parfaite imitation des actiõs genereuſes des grands Heros? La Comedie, qu'vn miroir des mœurs du temps, qu'vne image de la verité, & en vn mot qu'vne belle & excellente imitation de la vie? Et ſi des Trônes glorieux, & des ſuperbes Theatres, vous me permettez de deſcendre iuſques dans le ſein des Valons, & des Plaines champeſtres, qu'eſt-ce que les petites Eglogues qu'entonnent les Bergers ſur leurs fluſtes ruſtiques, qu'vne repreſentation des actions Paſtorales? Et les Idyles, qu'vn portrait animé de leurs innocens plaiſirs, & que de petites images ſemblables à celles que l'on graue ſur des lapis, ou dans les autres

La Poëſie eſt vne viue repreſentation des choſes naturelles.

pierres précieuses? Ainsi les Bucoliques de Theocrite, & celles de Virgile, representent au naturel les mœurs, & les passions des antiques Bergers. Ainsi, pour passer des objets de l'oüye à ceux de la veuë, & des operations de l'Esprit à celles du corps, ces Mimes & ces Pantomimes qui furent autresfois les delices de Rome, n'estoient en effet que de veritables tableaux de la parole, & des gestes des Grands, & du Peuple. D'où vient qu'vn Ancien faisant comparaison de cet exercice auecque l'Art des Peintres, dit, que la Peinture estoit vne Danse muette, & la Danse des Pantomimes vne Peinture parlante. Car ils contrefaisoient si parfaitement bien ce qu'ils vouloient imiter, que tous les spectateurs les plus éloignez de la Scene, pourueu qu'ils pussent voir les démarches, & les contenances des Acteurs, conceuoient facilement le dessein de ces agreables spectacles. Leurs diuers mouuemens allumoient tantost les yeux de colere, & tantost les noyoient de larmes. Ils portoient maintenant l'esprit à la haine, & maintenant à l'amour; iusques là mesme que Roscius se vantoit d'émouuoir dauantage tout vn peuple par ses postures & ses gesticulations diferentes, que Ciceron n'eût pû faire par toute la force de son Eloquence.

Démosthene, & Cicéró, ont imité les Autheurs anciens & modernes.

6. Si le soin des Arts & des Sciences est d'imiter agreablement la nature, doit-on douter que celuy qui fait profession de parler de tout, & à propos, afin de persuader ou de plaire, ne puisse imiter d'aussi bonne grace ceux qui ont excellé dãs l'Eloquence, & qui l'ont precedé? Il le peut bien, Messieurs, puis que la supréme Eloquence dépend bien autant de l'Art que de la Nature, & que ce fut cõme en dépit d'elle que Demosthene & Ciceron deuinrent les plus grands Orateurs du Monde. Les longs trauaux de leur estude reparerent les defauts de leur memoire, polirent la rudesse de leur esprit, fortifierent la foiblesse

de leurs corps ; & leurs actions estudiées, & sans doute imitées, les rendirent enfin tout ce qu'ils vouloient estre. L'Orateur Callistrate fut le premier de tous qui fit naistre dans l'esprit de Demosthene l'amour de l'Eloquence. L'exemple d'Isæus le Rhetoricien le confirma dans cette noble affection ; les fleurs d'Isocrate, & de Platon, ornerent les graces & la beauté de son style. Et ce ne fut qu'aprés leurs doctes enseignemens que l'on vit sortir tant de foudres & d'esclairs de sa bouche ; que ses paroles exercerent vn souuerain empire sur ceux que le Ciel luy auoit donné pour Maistres, & qu'il fit voir à tout vn Peuple ce que peut vn homme seul, quand il a pour ses armes le discours, & la raison.

Et puis que la nécessité du sujet que ie traitte, m'engage insensiblement à iustifier par exemples ce que l'on a fait si legitimement, & de produire des tesmoins dont la fidelité ne vous soit point suspecte, ny le merite inconnu; cette merueille du Senat de Rome, cet Esprit que l'on peut non seulement appeller le Prince de l'Eloquence Latine, mais encore la voix de l'Eloquence mesme, iugeant bien que s'il ne se soustenoit que sur ses propres aisles, son seul naturel ne seroit pas capable de l'éleuer iusques au Trône de la Gloire; il emprunta de l'industrie des autres, ce que la Nature luy auoit dénié. Il apprit de l'Orateur Memmius l'art d'accuser auec vehemence; de Philippe, celuy de railler de bonne grace, & de donner l'atteinte à son aduersaire; de Curion, l'abondance des paroles, & le secret de ioindre la douceur du langage à la sincerité de l'ame; de Metellus, la maniere de s'accommoder à l'esprit de ses Auditeurs, d'ajuster ses pensées à leurs sentimens, & d'entretenir le Peuple auec vne diction populaire; de Varius, l'adresse de bien imaginer, de s'exprimer auecque grace, & de parler habilement; de Carbo, la pompe du discours, accompagnée d'vne grauité bien ſeante à ceux qui ſont obligez de paroiſtre en public, & qui leur eſt encore neceſſaire, puis qu'elle donne du poids à leurs paroles, & qu'elle perſuade puiſſamment elle-meſme. Enfin, pour ne point remonter vers les ſources, & ne point alleguer les Oraiſons funebres d'Appius, ou les Eſcrits de Cornelius Cethegus, qu'Ennius appelloit la fleur des honneſtes gens de ſon ſiecle, & les delices de Python; ny reſſuſciter le vieux Caton meſme, dont Ciceron leut & admira, voire meſme imita vn grand nombre de belles Oraiſons; noſtre excellent Orateur aduoüe que les doctes aduis du Poëte Archias firent vne merueilleuſe impreſſion ſur ſon Eſprit, & le formerent à l'Eloquence. Ce qui n'eſt pas ſi difficile à croire, puis que toutes les parties des Lettres humaines ont entr'elles vne certaine affinité qui les vnit auec des liens précieux, & qu'elles contribuent également à former vn parfait Orateur.

Aussi est-ce par ce moyen-là que l'on a dit de luy qu'il auoit surmonté l'abondance de Platon, égalé la vehemence de Demosthene, & representé la douceur d'Isocrate ; & cela iusques au poinct, qu'aprés qu'Apollonius l'eut oüy haranguer dans l'Isle de Rhodes, il se mit à pleurer, & ne pût s'empescher de dire. C'est à ce coup, ô miserable Grece, que ta gloire est esteinte ; la Puissance Romaine a confondu la tienne ; & aprés t'auoir rauy la liberté, ie vois vn homme qui vient de rauir encore la seule chose dont tu pouuois te vanter, & qui t'estoit demeurée. Rome n'auoit iusques icy surmonté que le corps de tes Citoyens ; mais voicy vn nouuel homme qui triomphe de leur Esprit, & qui va planter les superbes dépoüilles de ton Eloquence sur les riues du Tybre, ou les appandre au plus haut du Capitole.

Homere a imité les Poëtes qui l'ōt précédé.

7. Mais ce que ces deux grandes lumieres d'Athenes & de Rome firent par exemple, Homere l'auoit fait

fait deuant eux par connoiſſance, & par inclination. Ce vaſte Eſprit, que les Peintres anciens ont repreſenté comme vne ſource féconde dont tous les autres Poëtes ſemblent n'auoir eſté que de petits ruiſſeaux, fut le premier de ceux dont nous auons les Ouurages qui s'aduiſa de recueillir les Fables. Les habitans d'Itaque, & de l'Iſle de Chio, luy en fournirent vn grand nombre. Sur le modele, & à l'imitation de celles-là, ſon Eſprit en inuenta quelques autres; & de toutes enſembles il en compoſa ſes beaux Poëmes, que nous liſons encore auecque tant de rauiſſement. Heſiode ne fut aprés luy que l'Echo des Muſes, puis qu'il ne fit que repeter toute ſa vie ce que ces belles Déeſſes luy auoient appris en vne ſeule nuit. Pindare non content d'auoir ſuccé les douceurs de la Poëſie auec le lait de Myrto ſa Mere, qui excelloit dans ce bel Art, tira de viues lumieres des Eſcrits de ce diuin Aueugle, & des penſées Royales de

Heſiode & Pindare ont imité Homere.

ce Pasteur d'Ascrée. Aussi est-ce à mon aduis l'accomplissement de cette excellente imitation qui a contraint Horace de l'appeller l'Inimitable, quoy qu'à vray dire ce Prince de la Lyre Latine se démente soymesme par ses propres ouurages, puis qu'il represente si bien les doctes saillies de ce Chantre de Thebes, qu'il semble qu'vn seul Esprit les ait tous deux animez, & qu'ils ne soient diferens que de langage. Chacun sçait que cette seconde Esperance de Rome, ce grand Virgile, quelque timide & retenu qu'il ait esté, n'a pas laissé d'escumer les Mers estrangeres, de porter la main dans le tresor de ceux qu'il aimoit, & de remporter chez luy ce qu'ils auoient de plus rare; si bien qu'à force d'imiter Homere, Hesiode, & Theocrite, on peut dire de luy qu'il a deuancé le premier, marché du pair auecque le second, & suiuy le dernier de si prés, qu'il ne luy cede en rien, si ce n'est dans l'ordre du temps. Et comme s'il se fut

Virgile a imité Homere, Hesiode & Theocrite.

lassé de foüiller tousjours des mines estrangeres, il voulut honorer son païs des richesses de son païs-mesme. Il remua les cendres d'Ennius, il y trouua de précieux lingots d'or, & tira de cette vieille roche des diamans dont le lustre ne ternira point dans ses Escrits, & dont le prix ne sçauroit iamais diminuer. Ce mesme Poëte, ce fameux Ennius, n'eut iamais entrepris la Tragedie de Médée dont on a fait tant de cas, si le docte Euripide n'eut desjà fait éclater sur le Theatre la force de ses charmes; & quoy que le temps ne nous en ait presque laissé que le Nom, si est-ce qu'en voyant vne partie du débris d'vn si précieux Ouurage, nous ne le deuons pas considerer auec moins de respect, que les Anciens faisoient les Chesnes de la Forest de Dodone, quoy que frappez de la foudre, ou ruinez par leur antiquité. Cet excellent Comique qui vesquit de son temps, & qui ne luy suruesquit gueres, & par la bouche duquel on dit

Ennius, Plaute, Térence, & tous les bons Poëtes Latins, en ont imité d'autres.

que les Muſes meſmes euſſent parlé, ſi elles euſſent voulu employer les delices de la Langue Latine, feignit-il d'enrichir ſa pauureté des dépoüilles de la Grece ? Demophile, Epicharme le Sicilien, & Philemon, ne luy fournirent-ils pas le ſujet de ſes Comedies ? Et ne fut-ce pas d'eux auſſi qu'il emprunta tous ces riches ornemens dont nous les voyons encore parées ? Cet illuſtre Eſclaue, de qui l'Eſprit éclatant ne luy acquit pas ſeulement la liberté, mais encore l'eſtroite amitié de ces deux rares hommes, Scipion & Lælius, n'a-t'il pas ingenument confeſſé luy-meſme, qu'il deuoit à ces deux Poëtes Grecs, Menandre & Apollodore, l'inuention de ſes belles Comedies, auſſi bien qu'Afranius ſon contemporain, deuoit les ſiennes à Menandre ? Lucrece a eu les meſmes ſentimens d'Empedocle ; & l'a non ſeulement ſuiuy dans ſa Philoſophie, mais encore dans toute l'œconomie de ſes ouurages. Le docte Catulle doit à

Callimache la belle tresse de Berenice; & c'est peut-estre pour cela que l'on a dit qu'elle fut enleuée dans le Ciel, lors qu'elle passa dans ses beaux Vers. Et comme il exigea ce tribut de ce fameux Poëte Grec, il fut contraint à son tour de le payer à Pompée, à Saturnius, & à beaucoup d'autres; lesquels, pour donner plus de saueur à leurs Vers, emprunterent le sel de ses Epigrammes. Le plus sçauant des Romains, au iugement de ses deux illustres Amis, Ciceron, & Brutus, emprunta ses Argonautiques du plus mignon des Grecs; & quoy que l'injustice du temps nous ait rauy cet Ouurage, le témoignage glorieux qu'en a rendu le plus iudicieux Censeur de l'Antiquité, ne s'en perdra iamais. Properce doit au mesme Callimache, à Mimnermus, & à Philetas, ces belles fleurs amoureuses qu'il cueillit dans les Vergers de Cypre, & dans le Parterre des Muses, & des Graces. Ouide mesme, dont l'abondance paroissoit miraculeuse, & qui sembloit ne deuoir qu'au Ciel, ou qu'à luy-mesme, cet agreable feu qui l'animoit, confesse que Parthenius de l'Isle de Chio, luy fournit l'argument & l'artiste enchaisnement de ses Metamorphoses ; ce qu'il rendit aprés de si bonne grace, qu'il sembla s'estre metamorphosé luy-mesme en ce gentil Autheur. Les Lauriers de Germanicus sont flestris, ses triomphes ont passé comme le vent ; mais les secrets qu'il puisa dans les Phenomenes d'Arate, viuront autant dans ses Liures, que dans leur propre Sphere ; & ces belles impressions des Images Celestes seront eternellement imprimées dans l'esprit des hommes. Seneque ne prit pour regles de ses Tragedies que celles qui luy furent prescrites par Euripide, Æschile, & Thespis ; & d'autant plus qu'il s'efforça de les imiter, d'autant plus releua-t-il la gloire du Cothurne. Perse & Iuuenal n'eurent pour modele de leurs piquantes Satyres, que celles de Lucilius & d'Horace; & c'est de la corruption de leur siecle que ses beaux Ouurages ont pris naissance. Martial imita dans ses Epigrammes Marsus, Pedon, & Catulle; & ce fut de ces illustres Morts qu'il tira tant de viues pointes.

Les Poëtes François ont imité les Poëtes Grecs & Latins.

8. I'abuserois de vostre patience, Messieurs, si ie voulois par l'exemple des Anciens iustifier cette verité que ie publie. Il suffit de dire qu'ils ont tous imité; & qu'encore que les modernes les ayent iugez excellens, ils ne les ont pas trouuez inimitables. Entre nos Poëtes, comme Ronsard se rendit le plus considerable, ce fut aussi celuy qui défera le plus à l'imitation. Il faisoit gloire, comme il dit luy-mesme, de saccager la Poüille, & de piller Thebes, sans épargner celuy qui trouua du respect parmy l'insolence des soldats, & qui long-temps aprés sa mort garantit sa maison de la fureur de toute vne Armée victorieuse. Mais quoy que cette conseruation luy ait esté aduantageuse au

De Ronsard, de du Bartas, de Desportes, de Bertaut, de Lingẽdes, & de Malherbe.

dernier poinct, le pillage que l'on a fait de ses beaux Ouurages n'est pas moins glorieux pour luy, puis que c'est vne marque certaine de son prix & de sa valeur. Il n'est pas mesmes iusques aux langues les plus barbares dont cet Astre Vandomois n'ait tiré des lumieres, & des imaginations extrémement polies, puis que ce fut à l'imitation d'vn Poëte Macaronique qu'il composa les Hymnes des quatre Saisons, qui ont passé parmy nous pour vn chef-d'œuure de l'Art. Cet autre Poëte qui dans vne seule Semaine a plus fait que celuy-là pendant toute sa vie, ne se fut iamais rendu si admirable dans son Ouurage de la Creation du Monde, si le docte Pisidas qui estoit Diacre de la grande Eglise de Constantinople, ne luy en eût crayonné le modele. Ce graue Personnage ne tirant point la naissance du Monde d'vn Chaos imaginaire, mais de la main toute puissante de celuy qui seul peut creér quelque chose de rien, fit bien voir dans son excellent Poëme que les delices de la langue Grecque estoient aussi-bien le partage de la verité, que de la fable, & du mensonge. Chacun sçait que Desportes n'eut iamais remporté le titre du plus mignard de nos derniers Poëtes, si la langue Toscane ne luy eût communiqué toutes ses délicatesses, & si aux graces qu'il tenoit de la Nature il n'eût encore adjousté l'adresse d'imiter agreablement. Lingendes doit à Politien cette excellente Piece, dont il orna le frontispice des Metamorphoses; & à force de l'imiter, il se rendit enfin plus poly que Politien mesme. Ce fut de Claudian que Motin emprunta le premier, & le plus beau de ses Poëmes; ie veux dire celuy où il rendit la nature plus belle & plus pompeuse, lors qu'il luy fit voir deux Phœnix. Sans Seneque, Bertaut n'eut iamais si bien fait résonner les Muses, & n'eut aussi iamais touché nos Esprits de si viues, ny de si frequentes pointes. Sans ce mesme Philosophe, nostre Malherbe n'eût iamais si dignement charmé le deüil & l'ennuy d'vne illustre Princesse. Sans le Tansille, il n'eut pas fait pleurer toute la Cour auec saint Pierre ; sans Iean second, il n'eut iamais si bien soûpiré la perte d'vn ieune fleuron de nos Lys ; & sans vn fameux Euesque d'Italie, il n'eut pas si noblement publié la gloire du plus grand Homme de France, lors qu'il inuita tous les peuples de la Terre à luy donner de l'encens, & des loüanges.

Les Orateurs François ont imité les Anciens.

9. Ne vous estonnez pas, Messieurs, si parlant de l'imitation de l'Eloquence, ie n'ay presque fait reflexion que sur les Poëtes ; outre que leur Art est celuy qui triomphe de mes plus secretes inclinations, & que dés ma ieunesse ie me suis rendu ces Dieux familiers, c'est de leur témoignage principalement dont se seruent les plus excellens Maistres de Rhetorique. Ils ne sçauroient former vn parfait Orateur sans l'authorité des Poëtes. C'est d'eux qu'ils emprun-

tent cette viuacité d'Esprit qui brille dans leurs Oraisons, ces paroles sublimes dont ils les ornent & les releuent, cette bienseance de personnes qu'ils y introduisent, aussi-bien que ce beau secret d'émouuoir nos cœurs, & de remuer toutes nos passions. Ce n'est pas que les plus habiles de nos Escriuains en Prose ne me pussent fournir assez d'exemples pour confirmer mon dessein. Si i'estimois qu'il fût à propos, ie ferois bien voir qu'ils n'ont pas esté plus retenus que les autres; au contraire, comme ils n'ont point eu de liens, & de chaisnes, ainsi que les Poëtes, qu'ils se sont aussi donnez vne plus ample & plus libre carriere dans l'imitation; & que non contens des fleurs qui croissoient dans leurs propres Vergers, ils en ont esté cueillir plus loin. Enfin que l'illustre Du Perron, & le fameux Du Vair, n'eussent iamais parlé si pertinemment de l'Eloquence, si leur Ciceron leur eût dénié son secours, & si Quintilien mesme ne leur en eût fait de doctes leçons ; que le genie de Montagne n'eût pas éclaté auec tant de lumiere, ſi le Soleil des Sages ne l'eût illuminé, ie veux dire s'il n'eût conſulté Plutarque, & chez luy toute l'ancienne Philoſophie ; que pour la reduire en Art, Pierre Charon ne ſe fût iamais éleué ſi haut ſans Montagne ; & qu'vn de nos doctes Eueſques n'eût mis iamais en vn ſi beau iour le Tableau des Paſſions humaines, ſi la Morale de Piccolomini ne luy en eût fourny les plus riches traits, & le plus beau coloris.

Mais puis que toutes ces obſeruations ne vous ſont pas inconnuës, vous qui n'appaiſez point voſtre ardent deſir de ſçauoir dans les ſimples ruiſſeaux, mais qui allez chercher les choſes iuſques dans leurs ſources ; il me ſuffira de dire, que ſi les Anciens & les Modernes ont acquis beaucoup de gloire, & l'ont conſeruée en imitant, tant s'en faut que nous deuions fuir & condamner l'imitation, que nous la deuons careſſer comme vne belle & fauorable Maistresse,

Ingenium nobis ipsa Puella facit.

10. Oüy, Messieurs, c'est elle qui forme l'Esprit, qui luy fournit d'alimens conuenables à sa vie, & qui le remplit de mille fecondes semences que le Temps fait éclore, & dont il tire des fruits aussi beaux qu'ils sont vtiles au Monde. Aussi est-elle en cela conforme à la Nature, qui ne produit rien de grand tout à coup. Ses commencemens sont foibles, mais ses progrés sont puissans; & quoy qu'elle ait le moûle de toutes les choses qu'elle produit, elle ne produit rien toutesfois que par exemple. C'est bien en vain que l'on voudroit faire quelque-chose d'excellent, si deuant que de donner on n'auoit acquis; ie veux dire si auparauant que de mettre la main à l'œuure, on n'auoit formé dans son Esprit vne parfaite idée de ce que l'on veut representer. Ainsi deuant que Phidias s'employast à trauailler à la statuë de Minerue, il s'estoit en luy-mesme figuré l'image de

L'imitation forme l'esprit.

la plus rare beauté qu'il estoit capable de conceuoir; sa pensée conduisoit sa main, & son cizeau ne grauoit pas vn trait sur la pierre, que son imagination ne l'eût auparauant emprainct dans son Esprit.

Contre l'imitation basse, et seruile.

11. Il paroist bien, Messieurs, que quelque estime que ie fasse de l'imitation, ie n'entends point parler de cette imitation seruile, qui rend l'homme tardif & paresseux, & qui le fait Esclaue des autres, puis qu'il n'ose porter ses pas que dans les vestiges d'autruy, & qu'il luy fait augmenter le nombre des Perroquets & des Pies, lors qu'à leur exemple il dit des choses qu'il n'entend pas luy-mesme; ou du moins qui le met au rang de ceux dont Horace entend parler, quand il s'escrie tout en colere, *O Imitatores seruum pecus!* Non, non, Messieurs, lors que ie dis que l'Orateur & le Poëte doiuent imiter les grands Hommes qui les ont precedez, ie ne suis pas d'aduis qu'ils transportent leurs Liures entiers dans

leurs propres Ouurages, ny que tirant la quinteſſence d'vn excellent Poëte, de ſes bons Vers ils en faſſent de mauuais Centons, ny qu'ils s'appliquent à de vaines & laſches Parodies, qui ne ſont que les marques d'vne ſterilité d'eſprit; enfin qu'ils n'oſent iamais penſer ny dire, que ce que ceux qu'ils s'efforcent de ſuiure, ont dit & penſé deuant eux.

Contre ceux que l'on appelloit autresfois Ciceroniens, & leur naïfue peinture.

12. Ce ſeroit véritablement renouueller le myſtere de ce genre d'hommes, qui ne reconnoiſſant que le ſeul Ciceron pour leur Dieu, ſe faiſoient autresfois appeller Ciceroniens. C'eſtoit vn plaiſir de voir ces viſages paſles & melancoliques ſe priuer de tous les plaiſirs de la vie, fuir la compagnie des viuans comme s'ils euſſent eſté deſjà morts, s'enſeuelir dans leur eſtude comme dans vn cercueil; & s'abſtenir de la lecture de toute ſorte de Liures, horſmis de Ciceron, auec autant de ſoin, que Pythagore s'abſtenoit de l'vſage des viandes. Leurs Bibliotheques n'eſ-

toient diuersifiées que des diferentes impressions des œuures de Ciceron. Leurs Histoires n'estoient que celles de sa vie, & leurs Poëmes Epiques que les froides narrations de son Consulat; les Tableaux & les peintures de leurs Galleries, n'estoient que son image. Ils la portoient grauée dans leurs anneaux aussi bien que dans leurs cœurs. Pendant le iour il estoit le seul entretien de leur Esprit, comme durant la nuit il estoit l'vnique objet de leurs songes & de leurs resueries. Quiconque les abordoit, reconnoissoit bien-tost qu'ils préferoient l'honneur d'auoir fait d'vn ramas de ses mesmes paroles, vne periode bien ronde & bien cadancée, aux genereuses actions des plus grãds Heros du monde. Et quand leurs longues veilles les auoient attenuez de maladies, ils mouroient contens, puis qu'ils augmentoient le nombre des Martyrs de Ciceron; & sembloit qu'ils souhaitassent moins en mourant la possession de la gloire celeste,

& la viſion de Dieu-meſme, que la preſence eternelle de ce Démon de l'Eloquence.

13. Ce n'eſt donc pas cette ſeuere & ridicule imitation que ie propoſe; celle que ie deſire n'a pas pour objet vn ſeul Autheur, mais bien tout ce que la Nature & l'Art ont répandu de rare & de beau dans leurs diuers Ouurages. Les trois Graces ont autresfois animé trois corps differens, & n'ont iamais éclaté dans vn ſeul corps. Et comme on dit que Zeuxis pour peindre la beauté d'Helene, choiſit les plus belles filles de la Grece, & qu'empruntant d'elles ce qu'elles auoient de plus parfait, il en forma vn Tableau ſi accomply, que l'on le iugea digne d'eſtre mis au plus bel endroit du Temple de Iunon; Ainſi pour paruenir au ſupréme degré de la vraye Eloquence, & meriter l'honneur d'eſtre mis au plus ſuperbe, & plus précieux endroit du Temple de Memoire, il eſt à propos de conſulter les diuers monumens de tous ces

Quelle ſorte d'imitation il faut embraſſer.

grands Genies de l'Antiquité. Il faut les imiter de telle façon, que l'on ne soit pas le simple Echo de leurs paroles; il faut conceuoir les choses du mesme air qu'ils les eussent conceuës; & rechercher dans sa langue, comme ils faisoient dans la leur, des termes capables d'vne haute & magnifique expression. Ce qui arriuera sans doute, si à leur exemple on vient à se former dans l'esprit ces rares & sublimes idées qui ne tombent point sous les sens, puis qu'il n'y a que le seul Esprit qui en soit capable, & qui sont comme les naturels & viuans portraits de toutes les choses du monde.

Mais pour faire éclore ces nobles productions, il faut ressembler aux Abeilles, qui de l'émail & de l'ame des fleurs composent si bien leur miel, que l'on n'y remarque plus rien des choses qui l'ont formé. Ie veux dire que l'on doit tellement considerer ces grands ornemens des bonnes Lettres, que les connoissances que nous tenons d'eux ne paroiſſent point empruntées. Il faut les ſuiure pour les atteindre, & les atteindre pour les deuancer; car il n'eſt pas ſi difficile de deuancer ceux que nous auons atteints, comme d'atteindre ceux que nous voulons imiter. Il faut enrichir la pauureté de noſtre langue de l'abondance de la leur, eſmailler noſtre fonds de leurs agreables diuerſitez, eſchauffer noſtre ſang de leur feu, regler noſtre œconomie ſur la leur, & nous approprier ſi bien ce qu'ils ont de plus rare, que leur bel Art ne ſoit plus en nous que l'effet d'vne excellente nature.

Exemples & ſimilitudes ſur ce ſujet.

14. Ceux qui ſollicitez du deſir d'acquerir vne haute reputation dans les armes, ſe propoſent d'imiter Ceſar, & Pompée, Alexandre, & Cyrus, ne s'arreſtent pas ſeulement à lire l'hiſtoire de leurs genereux faits, leurs combats, & leurs victoires; ils conſiderent encore attentiuement de quelle ſorte ils ont appris l'art d'at-

taquer & de defendre; les enseignemens qui leur ont esté donnez, & tous les nobles exercices par le moyen desquels ils sont deuenus Empereurs, ou Generaux d'Armées, & ont acheué de si grandes entreprises. Il en est de mesme de ceux qui font profession de l'Eloquence, & qui veulent égaler les plus grands Maistres de cet Art. Ils ne doiuent pas seulement remarquer les paroles pompeuses & magnifiques, ny les hautes pensées de ces grands Hommes; ils doiuent obseruer encore leur façon d'agir, leur prudence dans la conduite de leur vie, leurs secretes intelligences, les préceptes de leurs Maistres, le progrés de leurs longues estudes, leurs trauaux, & leurs veilles, & tous les autres aduantages qui les ont éleuez en vn si haut degré de perfection. En vn mot ils en doiuent plustost considerer les causes que les effets, & les desseins que les euenemens. Et à force de les sonder ainsi de prés, & de les consulter tous les iours, il leur en arriue comme à ceux qui ſe rencontrent parmy les parfums, le muſc, & les caſſoletes; ils en remportent de certaines douces vapeurs qui embaument leurs ouurages, & qui laiſſent de leur nom vne bonne odeur qui s'épand, & qui paſſe iuſques à la plus longue poſterité; & comme ils ont l'induſtrie d'imiter leurs excellentes qualitez, ils ont auſſi l'adreſſe d'éuiter leurs defauts. Ce que n'auoient pas ces mauuais Diſciples dont parle Plutarque, leſquels pour mieux reſſembler à Platon, & à Ariſtote leurs Maiſtres, s'efforçoient à l'enuy de contrefaire la vôuture de l'vn, & le begayement de l'autre; non plus que ces autres encore, dont le plus riche des Philoſophes, & le plus grand Fauory de la Nature, ont fait mention; leſquels ſe ſentans peut-eſtre incapables des bonnes impreſſions de la doctrine de leur Maiſtre, ſe contenterent d'imiter la pâleur de ſon viſage, en ſe lauant d'huile de Cumin. Cacozele, qui ne ſe peut non plus ſouffrir que celuy de ces mauuais Orateurs qui croyoient auoir parfaitement imité le style de Ciceron, lors qu'ils soustenoient la fin de leurs lasches periodes, de son *esse videatur*; non plus que celuy de ce Poëte moderne, qui ne pouuant égaler la majesté des Vers de Virgile, s'aduisa de laisser des Vers imparfaits dans ses trois Liures de l'Immortalité de l'Ame, comme cet excellent Poëte, préuenu de la mort, auoit fait dans son admirable Æneide. Ce sont de veritables Singes, qui ne considerent l'homme que pour l'imiter en ce qu'il a de mauuais, ou d'inégal.

Comment on peut surpasser ceux que l'õ s'est proposé d'imiter.

15. Mais autant que cette lasche & mauuaise imitation est blâmable, l'autre est infiniment à loüer, puis que c'est par elle que nous pouuons nous éleuer iusques au poinct de surmonter ceux-là mesmes que nous prenons pour exemple. Ce qui rend vn homme parfaitement Eloquent, c'est la connoissance parfaite qu'il a des choses. Or cette connoissance se peut

tirer des Liures anciens, puis qu'ils ſont les veritables treſors de toutes les Sciences. Mais ſi nous pouuons ſçauoir les choſes qu'ils ont ſceuës, & les égaler en ce que nous les ſçauons comme eux, nous pouuons auſſi les ſurpaſſer en ce poinct, que nous ſçauons des choſes qui leur ont eſté cachées, que le Temps nous a découuertes, & qu'il ſemble n'auoir reſeruées que pour nous. Et en effet, comme vne longue experience ne s'acquiert qu'auec vn long vſage, il eſt bien croyable que ces derniers ſiecles, qui ſont comme la vieilleſſe du temps, peut donner aux hommes des connoiſſances, & des lumieres que l'enfance du monde ne leur pouuoit pas donner encore. Auſſi eſt-ce peut-eſtre pour cela que les Fables ont feint qu'Hercule eſtoit plus vieil que Mercure, d'autant que l'Eloquence eſt ordinairement bien plus noble, & plus parfaite en la perſonne des vieux, que des ieunes. Et c'eſt de la ſeule bouche du vieux Neſtor, que le sçauant Homere fait coûler des fleuues de lait & de miel. Il n'y a rien de beau, disoit vn Ancien, qui ne puisse estre effacé par quelque chose de plus rare. Policlete deuança de beaucoup dans son Art son Maistre Agelas. Quelque perfection qu'ayét eu les antiques peintures, Freminet & Rubens en ont peut-estre conceu de plus parfaites. L'imagination de l'homme est infinie; les siecles produisent tous les iours de nouueaux miracles; & il semble que Dieu ait voulu recompenser la courte durée de nostre vie, par vne plus prompte, & plus viue aprehension des choses. Il n'y a rien de difficile à celuy qui aime; & le trauail assidu luy peut faire obtenir ce que la Nature luy dénie. L'industrie des hommes fait dissoudre les pierres en eau, conuertit le plomb en argent, l'airain en or, & sçait le secret d'adoucir l'amertume d'vne plante sauuage. On a trouué l'Art de l'Imprimerie, & l'vsage du Canon; on a veu luire de nouuelles

nouuelles Estoilles ; on a découuert de nouuelles Mers, & de nouueaux Peuples, depuis que le Sage a dit qu'il n'y auoit plus rien de nouueau sous le Soleil. Qui eût iamais crû que la Langue Latine n'eût esté au comble de sa perfection, lors que Plaute, & Terence, Ennius, & Lucrece, & tous les Orateurs de leur temps, prirent le soin de la cultiuer? & que nostre Langue Françoise n'eût eũ toute son estenduë, toutes ses fleurs, & toutes ses richesses, quand Amiot & Ronsard prirent la peine de la défricher, & de couper les ronces & les espines qui luy faisoient ombre? Et toutesfois on a veu depuis éclater des Virgiles, & des Cicerons, des Du Perrons, & des Malherbes; lesquels le r'enuiant de beaucoup sur les premiers, ont rendu leur Langue si pompeuse & si florissante, qu'il ne s'y peut presque plus rien adjouster.

16. Ie dy presque quant à la nostre, puis qu'il semble, Messieurs, qu'elle Nostre Langue

attend toute sa perfection de l'Academie Françoise.

n'attende que de vos trauaux, & de vos soins, les ornemens, & les graces qui luy manquent. Elle doit veritablement à ces rares Hommes l'auantage d'estre saine; mais c'est de vous qu'elle espere son embonpoint, son lustre, & sa beauté. Elle se promet tant de vostre hardiesse, & de vostre affection, que comme ses vrais defenseurs, vous l'arracherez d'entre les mains de ces Barbares qui profanent ses mysteres, & qui corrompent sa pureté; & que ce sera par vostre moyen qu'elle ne ressemblera plus à ces petits vents qui s'amolissent dans leur course, & qui se montrent plus foibles plus ils s'épandent; mais à ces grands fleuues qui deuiennent plus profonds & plus vastes, plus ils s'éloignent de leur source. Vous auez toute l'adresse, & toute la suffisance qu'il faut; & si le Ciel vous a tous pourueus d'vn beau naturel, vous l'auez encore fortifié par de longues estudes. Vous auez exigé comme vn certain tribut de toutes les Langues; vous auez tiré le ſuc & la ſubſtance de toutes les belles Lettres; & vous vous eſtes enfin acquis ce merueilleux cercle des Sciences, ſans leſquelles on ne peut rien conceuoir de ſolide, ny rien produire de longue durée. Trauaillez donc ſerieuſement à vn ſi bel'ouurage; vous deuez cette gloire à voſtre Païs, auſſi-bien qu'à vous-meſmes, puis que la lumiere que vous luy communiquerez rejallira deſſus vous. Iamais Philippe, Trajan, & Theodoſe, ne fournirent tant de ſujets de Panegyriques, à Iſocrate, à Pline, & à Themiſtius, que vous en fournit tous les iours noſtre diuin Inſtituteur.

17. Les anciens Poëtes ont dit, que l'on connoiſſoit Saturne à ſa Faux; la Mere des Dieux, aux Tours dont elle eſtoit couronnée; Iupiter, à ſon Foudre; Pallas, à ſon Ægyde; Diane, à ſon Carquois; & Mercure, à ſon Caducée. Mais c'eſt à la reduction miraculeuſe de tous nos Rebelles, à la ſoûmiſſion de la Mer, à la conſer-

Eloge du grãd Cardinal de Richelieu, Instituteur de l'Academie.

nation de nos Ports & de nos Frontieres, au Triomphe du Pas de Suse, au restablissement de Mantouë, à la conqueste de la Valteline & de l'Austrasie, au secours de nos Alliez, à l'opression de nos Ennemis, à l'Heresie esteinte, à l'Aigle mise en fuite, enfin à la splendeur de cette Couronne, & à l'affermissement de cet Empire, que l'on connoist la conduite, & le courage de nostre grand Cardinal de Richelieu. Ce Nom seul n'est il pas capable d'éleuer vos Esprits, & de vous faire conceuoir des pensées aussi nobles qu'il est genereux? Et comme toute la France aduouë que le Ciel l'a miraculeusement suscité pour la reparation de l'Estat, les Muses reconnoissent aussi qu'il est né pour la resurrection des belles Lettres, & des beaux Arts. Ainsi l'on peut dire de luy, qu'il ne s'est pas contenté d'accroistre sa Patrie, mais qu'il l'a mesme infiniment ornée. Montrez donc que le noble choix qu'il a fait de vous, n'est pas moins honorable à la France, qu'il vous eſt glorieux. Taſchez à ne répondre pas ſeulement à la haute opinion que l'on a conceuë de voſtre merite, mais à ſurpaſſer encore de bien loin la reputation de tous ceux qui vous ont précedez. Et comme vous ferez voir dans vos doctes Eſcrits que vous n'auez pas dédaigné d'imiter les Anciens, ne doutez point auſſi que toute la Poſterité ne faſſe gloire de vous imiter.

G. GOLLETET.

FIN.

www.ingramcontent.com/pod-product-compliance
Lightning Source LLC
LaVergne TN
LVHW050432160826
845677LV00002BA/671

* 9 7 8 2 3 2 9 6 8 2 5 9 4 *